U0127136

文下

兵部尚書范承勳《清溪莊記》

余既志京北諸阡矣，晚又得清溪一曲於密雲之北、眉山之東。水從塞北來，冬春不竭，灌濯資焉。山則韶秀天成，別開生面，似不欲與群峰伍。余顧而樂之，數策杖登其巔，審其氣象軒豁，城郭完固，與形家者言不謀而合。幻軀栖話之所，不能捨是之他矣。於是，相其陰陽，觀其流泉，而卜兆焉。兆既定，乃築草堂於溪之北、山之陽。南則鳳山軒翥，朱方群松丸丸，如鳳毛初長，秀色浮動，磴道盤紆，而上爲作翼風亭冠之。天風徐來，松濤送香，衣袂皆有仙氣。上下栗林彌望，皆數百年物。傍溪作茆亭，雜植松榆，以待憩息。

渡溪橋而北，呀然南闢者，清溪之莊門也。入門，廊廡迴繚，花承木委，從石路達曲池，石梁三折跨焉。既度梁，群石磥砢，不逼不涣，不必奇峰峭壁，而卧猊蹲獸，磊落可喜。面池有亭，曰「一鑑」，俯清流可濯纓，引曲水以流觴，長楊蘸波，松雲蕩日，邊塞砂礫之區不易遘也。

水從莊西蜿蜒引入蔬圃，先以灌畦。畦既溢，然後從墻隙引入石磵，再以澆花。磵又溢，然後使從閣下入池。閣跨池，東向，榜曰「娱暉」。然水從其下走，卧聽如環珮，如琴筑，晝夜不絶聲。草堂之前，石級稍前俯，或驟雨甚霤，珠潦四出，由石隙出，統束一磵。有石中空如鼓彭，鼓受水既滿，則瀵怒而奔，聲益雄；池受之水，亦益壯。游者左立橋，右據閣，中坐亭，雖塵埃滿襟，泠然生濠濮想。池又溢，然後從墻東隙泄其餘波，而兹水之勝無餘藴矣。

草堂最軒朗，面山臨流，可娱賓，可獨樂。余性好松，隨處種之，每種，數必以九。兹堂，其最勝地也。异日成陰，鳳凰來下，第恐一掬之庭不容攫九龍而跨一鳳耳。堂之前，右闢隙地，築軒曰「退景」，頗幽曠；左則冠以小閣，曰「巢雲」，以坡仙句榜之曰「山如翠浪涌，水作玉虹流」，豈能移其隻字哉？閣後有小齋，曰「寧心」。余素患怔忡，至此則神静而心寧，毋煩藥石，理或庶幾。其他藤石之居、延芳之榭、溪南之館，或以待賓親，或以寓家室，皆爲斯莊之輔，不

勝紀矣。

我昔築樓於眉山之莊，曰「三陟」，蓋爲周大夫行役勞苦，不得見其親與其兄，故登高而寄懷思。余西望三山，猶斯志也。今儌先世之靈，得保末節，年已七十，尚能留殘軀上先人邱墓，而又能以其餘營爲生壙，以待長休，且治農圃以供粢盛，時時如瞻我親、我兄於白雲蒼松之中，則視周大夫之所嘆三者無一焉，何所修而及此哉？是皆聖天子優賜衰老，俾安隴畝，扶杖以觀太平之盛，罔極深恩，莫可仰酬者也。

抑聞古大臣功成身退，類皆有臺榭池館之勝，與公卿、文士游宴賦咏，或爲文記圖畫以志其盛。此或其門人子弟侈張太過，傳諸來世，遂爲艷稱，識者猶或非之。善乎，先文正之言曰「洛陽名園何限，誰能禁我游者」！余所營山莊，落落數十間屋耳，惟是因材於山，因石於溪。壘之爲垣，省陶甓；平之爲陂，省礲砥。無名之卉，亦可怡目；尋常之樹，取其易活。松棚棘樊，竹床茶竈，如是而已。深山絶人踪，或有偶到者，慎勿侈言之如古人之所云，余斯幸矣。

文淵閣大學士王掞《兵部尚書范公墓志銘》 康熙五十四年

兵部尚書范公予告十有一年，以疾卒於邸。訃聞，天子憫悼，贈恤如禮。先是，公以御史大夫總督兩江。又前，爲少司馬，領滇黔制府。又前，以副憲開府粤西。揚歷邊腹，行後二十餘載，豐功偉烈、仁澤惠政，流布於大江南北及八桂六詔之間，旗常鐘鼎，不可勝紀。而公在江南，余爲部人，既又共事河工，同任卿列。今公子時繹持公狀來請志與銘，余無以辭。

按狀，公諱承勳，字蘇公，號眉山，又自號九松主人。裔出宋參政文正後，故相國太傅文肅公諱文程子，而浙閩總督忠貞公諱承謨弟也。忠孝世胄，爲遼左望族第一。

康熙三年甲辰，以皇上登極，恩授工部員外郎，升刑部郎中。兩遇京察，俱以稱職考上等。丁巳，授監察御史，巡視西城。旋掌江南道，協理河南道事。時兩河薦饑，江淮水災，公首疏，以緩征復業上請。舊例，廉慈革職者不得保題留任，公請照降調例，一體題留。會地震，求讜言。

公請寬風聞處分；又請京官三品以上，應一體條陳；又請萬幾之暇，時賜召對；又請內外章奏，務愷切詳明，毋涉浮蔓。直聲藉甚。

庚申，調吏部郎中。時吴逆餘孽未靖，川東譚宏復叛。公奉命護征蜀諸將，兼轉楚餉給軍。蜀平，復監鎮安將軍噶爾漢軍，仍兼督餉。師還，補文選司郎中，榷崇文門稅。

明年，擢內閣學士，命坐漢班，批紅本，奉祀北嶽及長白山。豫賜《周易》。

乙丑，以副都御史巡撫廣西。

丙寅，擢兵部侍郎，總督雲、貴、滇、粵。自明季，兵燹屢遘，今上初削平大憝，民氣乍復，又猺獞盤踞，竊發時有。公至，一以噢咻蘇民，以畫一核吏，以威信制防，安屬彝而消伏莽。

方撫粵時，大兵既罷，積餉無可據銷，當事因以三郡折征爲請，部議九郡皆令全折。公籌度肯綮，不牽部論，折征各當，民大稱便。

又容、鬱、籐、賀十州屢經陷賊，無征糧米按年追賠。公力疏請免，官民咸慶更生。

及雲貴，首除勛莊及爲標起發之害。勛莊

者，明沐氏田；給吳逆，稱藩莊。逆平，莊歸有司。民苦公家佃納，逋逃者衆。迄議變價，吏復因緣爲奸，膏腴者苛值，荒瘠者勒買，民大苦之。公乃於駁價奉命之日，即揭示明晰，上下皆不得那移染指。由是，民得納價，田得歸民，永無苛擾。

藩逆既定，其包内人口業經起發。惟標衆漫處省域，所留識認逆弁一二員，至挾詐離析良民夫婦子女，人心危懼。公乃疏言：若屬相安已久，早入伍者應聽歸伍，願歸農者收營入甲，請概免其起發；其識認僞弁，撤令還京。詔可。全省騷釋以定，滇民得世之永保鄉里焉。

楊宗周者，魯魁山渠率也，與猓目普爲善、李尚義等相結爲患，官軍莫可誰何。公偵其險要出入，諭以恩信。宗周等素慴公威望，遂籍其土地、目丁以獻。已而，義善背盟，公即以宗周爲導，深入鼯箐，仍檄諸鎮兵來會。尚義計窮走死，爲善就縛，山賊悉平。猓奚構釁，殺主，其黨阿所犯姜州，戕守備，而賂鎮將爲之隱飾。奉勘使者以瀕行，受密諭云：「土司肆惡，多由地方逼脅，宜

寬以治奚，嚴以懲官。」將貫奚死。公力争：「殺主戕官，苟釋不誅，諸酋謂國法何？」得擬奚重辟，而賂將亦論如律。

戊辰，湖北裁兵嘩變。公慮滇餉素協江楚，滇兵方以七錢三之給積有浮言。於是，内加防禦，外示鎮静。乃左協之鎮尋甸者，果挾衆鼓噪，焚燒民舍。報至，城中叛兵亦變勢洶洶。公偵知賊衆約於三更舉事，命司更者擊二更達曙，先密擒其首，賊不得發，遂以次就縛。斬渠惡十二人，餘釋不問。而尋甸先期噪掠者，公逆其必走黔投

楚，預檄諸路堵剿，又擒首惡二十餘人，斬之轅門。維時，不動聲色而定變俄頃，兩迤數萬衆帖然慴息，民用歡悦。事聞，優詔褒美。

至於禁革軍餉攤派，州縣招買，及移駐援剿兩協，改設永北鎮，盆金沙劍川防守，請免麗江失地之賦，豁蠲屯賦八年，并徵官參民，散之積欠，俱關全滇民命、軍國大計。以故，公自粤而滇、黔，乘嶮阻，冒瘴毒，經營出入十二年，猺獞輸心，商民樂業，士勇邊實，恩信大浹，所在設思，施其德而愛其樹，比之伏波、武鄉。而公之心力亦云

殫矣。

甲戌，進都察院左都御史。民涕泣請留，至千里弗絕，攀車不得行。抵貴陽，復奉總督江南、江西之命。兩江財賦重地，幾務十倍滇黔。甫受事，即奉命閱視吳淞水利，覆奏稱旨。因念滇、黔九載，始蒙一覲天顏，江南翠華屢駐之地，睿照淵悉，疏請陛見。荷允，得邀機宜訓授，公亦得密陳江南疾苦。首言三吳賦役繁重，宜復夏稅、秋糧例，至六月開征。又言江右漕兑，百姓貼費官運，謂之「脚耗」，久之，列入正項，令民重出運費而追征其從前已給之脚耗，官民貽累，歲以鉅萬計，特賜蠲免。又言江蘇等屬，錢糧重大，糧户無不竭力輸將，所逋欠者多係貧瘠下户，請將蘇、安、盧、鳳州縣見在追比之積欠祿米分年帶征。部議盡格不行，特奉俞旨，悉如公請。公以受命之冬來京，逾年，陛辭抵任。

明年丙子秋，海颶黄淮，諸水盡溢，漂没民間田廬、畜産無算。公悉發見貯捐積，并請貯省倉米十萬給賑屬。饑民雲集，度將弗支，更會疏題借京口留漕及鳳陽存貯之麥，盡行接賑。饑民數

十萬衆賴以全活。尋奉命閱視河工及諸水道疏塞之宜，既條列上聞，并繪所過被灾情形，請將淮、揚、徐、泗所屬漕項舊欠悉予蠲免，亦奉俞旨。它所奏請及定議，如寬催征處分之例，酌積穀存糶之宜，復船遞歲修之制，變南米預征之糧，皆實心區畫以甦官民之困。至於惜人才，敦教化，捐修省會學官，校課士子，疏廣江南解額，使讀書寒畯得以寬其登進之路，三吴人士至今頌公之德不衰。

丁丑，以太夫人憂歸。兩江父老子弟焚香泣送，數百里相屬，一如前去滇時。大抵公之治滇粤也，務在起瘡痍之苦，消反側之萌，相與弃舊慝，開向化，彈壓、撫循相濟爲用，此劉忠宣、韓襄毅之遺烈也。而公之治兩江也，務在恤杼柚之空，調水旱之沴，加以崇文獻、厚風俗，經術、吏治相輔而行，則夏忠靖、周文襄之後勁也。

己卯，公服未闋，即家起公兵部尚書。時國家方蕩平沙漠，寰宇乂安，公仰體休息，一以簡静不擾，養重中樞，而遠近機務悉歸條理。人於是服公有古大臣風焉。

壬午，連州猺變，事需察勘，上意非公莫任，公遂奉命。四閲月，返讞，詔嘉其允。

癸未，公以歷官勞瘁，得怔忡之疾，疏乞骸骨。上固不許，慰留甚温，明年甲申，疏再上，情詞懇摯，乃得請。

公起家郎署，正位樞府，更歷臺諫，累任節鉞，受文武之寄托，係中外之輕重，隆眷异數舉無與比。然公以是益斤斤勤恪，凡所論奏或出自造膝，或返覆章請，靡不當聖意，終身未嘗一被譴責，蓋惟公之忠懇誠信素孚中外，而又自文肅、忠貞以來，爲國家股肱世選。上嘗舉《左傳》「世濟其美」四字御書以賜，蓋將以文肅待公。而公累疏乞休，慰留未已，卒從公志，然未嘗不惜未盡公之用也。公制撫陛見，上親解御裘衣公。及爲尚書，賜泛舟蕊珠院，賜秘籍，賜書内扇，賜貂品服，賜羊角弓。較射禁園，命擬諸王，群臣唱和詩題。既家居，猶不時存問，珍饌牲鮮之賜，賁於里門。

癸巳春，恭遇聖壽六旬，賜宴暢春苑，親賜天漿，命諸王把盞。賜内造衣冠、履舄之屬。予蔭

一子。

冬十一月，公忽病劇，特遣御醫診視。久之，未瘳。改歲甫一月而公逝，時康熙甲午二月一日也。鉅公之生爲前明辛巳三月十八日，年七十有四。

公少有至性。事文肅公，冠帶侍養，立終不欹仄。金太夫人終身愉惋無間色。友愛諸昆弟，敦睦姻黨，多恤孤周急之事。與士大夫接，〔注二〕久而彌篤。喜讀書，工文章，善鍾、王書法。晚歲愛密雲山水，遂卜兆，仿漢趙邠卿故事，自爲生壙。鳳山清泉，間與賓從觴咏其側。公具文武才略，功業顯著，而不知其清心淬行、流風蘊藻度越於人者，固不啻尋常萬一也。

公以乙卯歲覃恩階資政大夫，丁丑晋階光禄大夫，配穆奇覺羅氏誥贈一品夫人，繼配沈氏誥封淑人、趙氏誥封夫人。子一，即時繹，鑲黄旗佐領。公爲尚書時，兼轄是職，既乞休，上即命時繹襲之，蓋异數也。女三。孫男四：長宏賓，官蔭生，次宏宗、宏定、宏寅。孫女二。

時繹以康熙五十四年八月二十二日葬公於

〔注一〕「夫」，原脱，今據文意補。

密雲縣北之清溪莊，即公所自營生壙處也。余既件繫公事，作爲斯志，并係以銘。銘曰：

范氏名德，文正忠宣，再世濟美，垂休簡編。爰逮文肅，逾六百年，德業相望，文正後先。公起相門，永世象賢，忠宣之業，惟公比肩。屹屹銅柱，公功是鐫；滔滔江漢，公澤是綿。尚書喉舌，北斗之間，帝眷方渥，公歸已虔。鳳山有岡，清溪有泉，生題石室，死象祁連。前徽克紹，後烈方延，銘詞不忝，世德用傳。

刑部左侍郎張廷玉《兵部尚書范公神道碑》

康熙五十四年

國家恭膺乾命，統御海宇，武克文洽，哲彦響臻。時則有若大學士太傅范文肅公，葉契風雲，經綸雷雨。太祖高皇帝肇遼陽、三岔、西平、廣寧之烈，實扈行營。太宗文皇帝廓潘家、馬蘭、三屯、馬欄、太安之圖，實參幕幄。爰乃扼長山，下雲從、江華，受琛兀蘇頒律以及决策署檄。時乘大都，收圖籍，釐賦式，大經大法，寵充光弼。世祖章皇帝之丕基顯祚，而爲一代宗臣。今上皇帝運隆下武，克剪三叛，時則有若福建總督范忠貞

公折逆焰，抵凶鋒，慷慨徇義，光日月而炳春秋。襲休衍慶，紹融前業，言信於上，功在於民，乃復紀於兵部尚書光禄公。公諱承勳，字蘇公，宋參知政事范文正公二十世孫、文肅諱文程之叔子而忠貞公承謨之弟也。高祖明兵部尚書鏓、曾祖瀋陽衛指揮同知沈、祖楠，皆贈如文肅公官，母金氏，誥封一品太夫人。

公少修整，有沈識，文肅公心器之。康熙紀元，恩延世臣。三年，用蔭補工部都水司員外郎，改屯田。

五年，遭文肅公喪。服除，遷刑部湖廣司三品郎中，改山東詳讞，十載惟允。

十六年，授都察院監察御史，巡西城。旋掌江南道，協理河南道事。嘗以山東饑潦，請振救緩征。又請廉慈吏詿誤革職，偕降調官題留。地震，求言，請寬風聞處分，聽京官三品以上條陳。又請時賜京官對，飭章疏蔓詞。一時嘆識要體。

當是時，閩海底平，忠貞公以節徇，滇、黔亦寖平，而川東譚宏復叛。公伯兄都統公嘗鎮襄樊以遏金房。十九年，詔由虎牙鎮重慶。公改吏部

郎中，護禁旅，往會討。而都統卒於師，公泣治含斂以行。尋命駐夷陵，轉楚餉入蜀。宏死，又命兼鎮安將軍噶爾漢軍，督滇餉。出歸巫，抵夔門，達重慶，自瀘至永寧，得裹四十日糧。別諭赤水、白巖諸土舍輸菽麥，又檄截黔餉，設法采買，儲邸閣。而滇圍始合，師飽以有功，公勞居多。比還，改文選司，權崇文門稅。旋擢内閣學士，坐漢班，批紅本。

二十四年，以副都御史巡撫廣西。時計銷剩軍興糧，部議九府折征糧凡二十萬石，贏貯省倉。需糧提鎮諸軍多駐柳南等郡，轉輸非便，且銷疾，歲儉尤難采買。公酌請桂、平二府本折各半，柳屬之賓州處萬山全折，餘仍征本色，民大稱便。又請蠲容、鬱、藤、賀十州縣陷賊無征渝失銀米，檄修安秦靈渠，復唐斗門，爲合粤永利。

逾年，晉兵部左侍郎，總督雲貴。當是時，滇黔凋敝未起。公至，則首除百姓攤買軍餉，覈斥賣藩莊價，省罔冒民間費十餘數萬。又以滇屯賦十倍民田，贍尺籍四萬餘人之什七，科征時用軍法，逃責償九家，公裁大理六衛、楊林等五所歸州

縣，除均償令，請蠲七年積欠銀米，民始蘇。

公勤軍實，御奚尤善。嵋峨、蒙新諸州縣苦魯奎山野戰剽掠，而楊宗周、普爲善、李尚義三猓尤驍黠，爲之渠率，官軍無敢誰何。公設策，降其目丁口隘數十寨。蔑著弒魯姐，黨渠阿所隸蜀部戕姜州汛弁，賂協將爲掩匿。事聞，例勘，復竄東川。公遣部將渡直勒脅上舍縛之，伏法。賄將亦論如律。後尚義、爲善復出掠，公就用宗周導將入敓叢隘，尚義自刎，爲善遂受擒。猓自是訖公去，無敢復爲虐者。

公事無淹思，動中肯窾。僞標起發，核認二弁詐及平民，民恇擾。公杖撤弁，疏言標人多土著，願留編農伍，勿解。詔可。羅香呼長子孫保墳墓，惟公賜者萬計。

滇餉例給銀，時壅鼓鑄予錢佐銀之三，〔注一〕衆不便。乃密請停鼓鑄，復往例。會其夏楚兵嘩，伍多耦語。公亟合省僚宴，多設方略，陰偵之。秋七月十六日夜，援剿左協營梟尋甸，飛檄扼平彝、交水，走黔，趨楚道。二十日夕，會城約三更掠庫，乃潛督麗譙，率二更達曙。賊裹甲以

〔注一〕「鼓」，原誤作「彭」，今據上下文意改。

待，已掩獲其首，夜未既，以次就縛。所引千數，而僞標無一應者。公斬渠魁十三人，置其餘無所問。是時，官燎如晝，戟門兩牙旗飄揚雲際，百姓手額望者隱隱聞笳鼓聲，曰：「能保我矣！」無何，尋甸梟兵果直檄，堵交水兵而敗，又縛辟八人，事遂定。上大喜，賜敕嘉勞，并允給銀。奏又請預協餉，咨功加弁，毋停用。劾罷貪黷提臣某，兩迄帖席。

公雅覈形勝，莅滇，移右協羅平，以空黔之木窄關、馬尾籠、粵之安隆峒。而遞移羅協廣西，以扼特磨、邕管之道，尚義平。復移新嶍營新平，而汛諸箐隘及蒙番門市。自請巡視金沙江，定市場江北之木髻灣。奏免麗江失地賦。俾守所隸寶山巨津等蕃汛以振。撤雲龍州暨橋後沙溪瀰沙浪汛，以實劍川之拖枝、樹苗、工江三汛。復北聯直隸布政使，以壯瀾滄衛，而升永北協爲鎮，使剌次和瓦魯之革甸、香羅流土互守。營制大定。

他若護松華壩，畫昆陽海口工，拓鎮遠偏，橋達滇道，築雲南東北甕城，纂滇志，改昆明學士王忠文、吳忠節、楊文憲，滇黔治象一新。

暨三十二年冬，陛見，復奏六事。先是，黔撫衛既齊坐發兵捕黎平苗，戍奉天。至是，公六事有言，驕苗漸不可長。上寤，還既齊。

比更歲旋署，而拜都察院左都御史之命總督江南、江西。公再請陛見，言吴賦繁重，請如夏税、秋糧例，六月開征。又江西民漕兑費貼官運水次，號「脚耗」，後附全書誤用「支給」字，而漕臣題編正項，并追征支給銀米累萬積欠，無白者，公卒上請蠲。上絀部議，從之。嘗憫接征官輒挂初參例調斥，請改降級留任，而以續完數爲差。請捐積穀，糶三存七。請蘇屬、安屬之五州縣析年征逋。又請南米俟秋征，而先撥支駐防營糧，并貯十萬石會城以應儉歲。

三十五年，黄淮湖溢，淮、揚、徐、泗州縣所在受災。乃亟發捐積米、貯會城米，又題借京口留漕、鳳倉貯麥凡九十三萬石有奇，全活無算。且請胥捐常賦，報可。

公以世肄經學，文肅公嘗主順治丙戌、丁亥、己丑會試，雅意人才，而江南萬八千餘人試於鄉，纔中式六十三，請廣解額半。獲允三之二。公又

新江寧學，季課江南、江西士，獎激尤慤。

公雅覈河渠，始莅任，會勘震澤水道、吴淞口石閘。黄淮溢，又勘黄運堤堰、口閘，議胥核要。比去江南一年，嘗治華家口運河堤、王家渡距大壩，延八百餘丈。塞决口，埽輒陷，村老言下有怪物。公禱驅之，以一日塞。又一年，復莅，修高堰，固周橋六壩，以限汜光、白馬諸湖。疏引河於陶莊閘，立東水壩以導黄，環清口而東，至今賴之。

公莅兩江四年，以金太夫人憂去。公去時，滇民泣送，有繪公象而歸者。江南立石，崇祀埒滇。而西江士大夫至比之周公之惠東人焉，蓋「脚耗」一請實煦白骨而肉之也。

三十八年，晋兵部尚書。是時，噶爾旦陸梁，王師霆掃。公本兵五年，飆斂塵堰，坐曹肅然若無事，而屯戍斥堠、士馬糧械不俟案索而自辦。

四十三年，以疾乞休。上方倚樞管，慰留。疏再上，乃聽致仕。公修文肅東皋别墅，營壽藏密雲縣之青甸，築清溪莊。

五十三年春，疾劇，賜醫。二月一日卒，年七

十四。賜祭葬如彝典。以明年秋八月二十二日葬於青甸之壙，禮也。公娶穆奇覺羅氏，贈一品夫人；繼沈氏，封淑人；繼趙氏，封一品夫人。子一，時繹，鑲黃旗佐領，公嘗兼轄，以致仕特賜襲。女三。孫六：宏賓，官蔭生，宏宗、宏定、宏喆、宏珏、宏宴。

公少侍文肅公謹，手培金太夫人塋。以前山類蛾眉，號眉山。他日，植松九，別號九松。事都統忠貞，禮敬不替。友愛弟允公、彥公、德公尤篤。撫猶子、今大司馬暨寧鎮，皆屹爲名臣。姻族婚喪，貧不自給者，時有周恤。讀書蘄經世，書仿鍾、王、米，書法尤工方丈字。有《世美堂詩文奏稿》若干卷。

莅職自郎署至尚書，未嘗獲譴。階自資德大夫晋光禄大夫，又增五級。予告十年，享林泉壽考之樂。前後蒙被寵賜，如冠服、璽饌、文綺、秘書、果醴、什器之類，不可勝紀。督滇黔，陛見，上書左氏「世濟其美」賜。五十三年，萬壽，燕國老，諭諸王：是父兄嘗有大勛。乃手尊，賜公飲，更蔭一子尚書員外郎。於戲！公際四十年

隆眷恩禮，朝無比者。然則，麗牲有碑，樂石有辭，豈直高平盛事、譜義莊而纘廡祀哉？蓋實詳隸文肅、忠貞暨公制岩疆，枋中樞。异日，史臣紀載之掌故，以稱聖天子篤念宗臣、褒崇勞舊之指，而光昭太祖、太宗、世祖之聖德神功於億萬祀也。

先文端公入翰林，實忠貞公教習，士稔聞世德。而廷玉編齊氓，景徽烈，神道之銘，義不得避。爰諾佐領君請，而撮其行業如右，而係之銘。銘曰：

真人龍興，如雨如雲。有作之輔，協道陶鈞。爰及象嗣，同德勿貳。神武我皇，弼成王治。溯厥南臺，一心啓沃。臣忠甫攄，聖聽先覺。章奏百上，不遺一言。主臣契合，古無有焉。惟粵之西，惟滇惟黔。疆圉孔固，惠澤溥宣。兩江左右，地大物衆。去害崇朝，利不停壅。機樞之秉，中外晏然。公欽帝德，帝曰「汝賢」。宗臣奕葉，爲國屏蔽。文正忠宣，道光遠裔。清溪之濱，密雲之鄉。穹碑載樹，於焉是藏。鎸趺篆首，永昭萬世。我銘匪夸，以告良史。

侍郎方苞《兵部尚書范公墓表》 康熙五十四年

公諱承勳，字蘇公，瀋陽人，大學士、太傅文肅公之三子也。文肅公既爲國宗臣，而公伯兄都統、公仲兄忠貞公并以賢能早歲秉麾任方面，上益材范氏子弟。公年二十四，即以蔭補工部都水司員外郎，凡再轉五遷而至兵部尚書。

吴三桂反，公以吏部郎中督進征譚宏軍，兼轉楚餉。宏死，監鎮安將軍噶爾漢軍。及滇平，常在軍間。還，補文選司郎中，擢内閣學士。尋以都察院右副都御史巡撫廣西。逾年，遷兵部左侍郎，總督雲貴。自三藩播亂，吴三桂勢尤猖獗，王師入討，常與賊相持黔、粤間，首尾八年，公私凋敝。而賊窟穴南中歲久，雖撲滅，脅從反側多蠹居山澤，故上於方面之任尤重且難之。先是，忠貞公總督閩、浙，既死耿精忠之難，都統公開復襄樊，復以疾卒於軍，而兩江總督于成龍之卒也。上諭九卿：更有如成龍者，具以聞。僉舉陸隴其等七人，而公與焉。故公至粤西未期年而有滇、黔之命，以爲非公莫屬也。

至，則疏請移省城右協軍於羅平；羅平舊協移廣西府，與廣南營犄角，分防各汛；裁六衛

五所，并歸州縣。逃亡漸復，時起發賊標下親軍入旗，衆多偶語，公請就本地安插。拜疏，即官其一二著姓，餘編籍補伍。命下，數千人環泣曰：「吾子孫世保故土，皆公賜也！」未旬日，省兵謀變，此數千人無一應者。湖北裁兵，夏逢龍叛，聲連六詔。時滇以鼓鑄壅積錢給兵餉之三，衆不便。會援剿左協移鎮尋甸之兵鼓噪，縱焚剽，省兵乘釁而起，未發。公偵知其謀，夜捕百餘人。晨出，奉天子賜節，斬首謀十三人。越日，尋甸縛始禍者以獻鞫，斬八人，事遂定。疏入，天子詔諭褒嘉，公因請罷鼓鑄。魯魁山賊就撫，環境二百年不靖者遂以寧。核官，斥藩莊價，省民間溢費二十餘萬金。在滇九年，所祛蠹弊甚多，而清鹽策，不得按户抑派，酌道里遠近定支撥軍餉條例，吏不得巧法扼民綱利，尤滇民所急，至今賴之。

康熙三十三年，遷都察院左都御史，行至貴陽，改命總督江南、江西。公治滇、黔，興利除弊，若日不暇給，發奸糾暴，法立誅必。及移兩江，則專務清静，以與民休息。其爲政識大體，不爲小廉曲謹以釣聲譽，而設心措意，一以厚下恤民爲

本。歷三鎮，奏免民賦者五，豁陷賊州縣所失資儲無算，革正漕督誤題入額征者一。歲荒，奏發賑米穀九十三萬石有奇。賑餉有先發而後聞議有格，而復奏至再三。天子鑒公之誠，無不特允所請者。其爲御史，請寬風聞處分以開言路；凡廉吏因公詿誤，大府得題留。督滇、黔，入覲，密陳六事，其一，土苗不宜縱逞。時黔撫衛既齊以捕黎平土苗謫戍，上悟，尋赦還。衛素廉直，士論尤以此韙公。

三十九年秋九月，以金太夫人憂回籍。既葬，奉命督修華家品運河。未幾，授兵部尚書。國制：喪期百日。時已逾，固辭不獲，乃就職。私居持服如常。

又七年，以疾乞骸骨。予告後，問賜不絶。

又十年，終於家，祭葬備禮。

公年譜載公行身莅官，迹甚詳。然余嘗客游淮、揚，士大夫多稱：鹽城令某貪横，以與要人有連，大府不敢呵。公下車，寡婦某訟之，隨罷斥。然則，公之美政，雖其家人有不盡知者矣。兹固不具，而獨著其措施見於章奏、利澤顯播於

衆民者。

公卒於康熙五十三年二月朔，年七十有四。始娶穆奇覺羅氏，贈夫人；再娶沈氏，封淑人，皆早亡。再娶趙氏，封夫人。子時繹，承襲本旗佐領。以公卒之次年秋八月二十二日葬於密雲縣之青甸。

禮部郎中盧錫晋《楊貞女傳》康熙五十四年

古賢女少寡，節如松柏，歷歲寒不變者，吾嘗於詩歌傳集聞之矣。至所得之郡邑諸志，亦間有人。然或依舅姑以爲活，或篤唱隨於先而撫其遺孤子以待成立，不必盡所出也，曰「以報夫子於地下」云爾。然如此者亦已難矣！不幸未嫁而夫卒，則於唱隨之恩何如哉？又况無孤可撫，彼何所冀於後哉？且夫姑老而待之養，孰不謂然？然孑孑乎食貧操作以爲悦，至勞而不怨，若惟恐其不得然也，非聖人所謂「安仁」者耶？故吾以爲此人情所尤難者，以昔所聞，亦或有一二人焉。至殘毀形體以矢其志，然未必所遇若斯之窮也。

乙未冬十一月，奉命平糴古北口倉米。居久

之，而事未竣，與衛學生楊鳳儀鄰。鳳儀之長女小字文瑛，蓋女子之有至性而世所間出者也。今歲閏三月，居停主室，人始一道其賢於吾室曰：「西鄰有貞女，知之否？」蓋此女許司馬椽吏汪琠子爲繼室，未娶而婿卒。婿父考滿入仕籍即世。及婿卒時，母徐年六十矣，而所先娶者無遺息。獨季母余守二稚同居，然其家空無有也。初，女欲自殺，以其父若母防之嚴也而不得。遂默念：夫子有老母在，所不能瞑目，孰大於是？且其季父遺孤，亦汪氏血祀，所爲絕續，吾豈可謂

無與於我哉？我父母以彼凋落伶仃而難之，而惻惻焉者，愛子之心也。我不可以義争而傷之也。於是，復稍稍進食，得爲哭於家者而返焉，爲送其葬者而返焉。又寒食爲祭其墓者，歸，入於姑之門，而遂不返焉。斯時也，父母以其義之決也，則皆有以裁其恩曰：『吾不可以强返之也，成其志而已矣。』」

曰：「媪何以知女意？」曰：「其母問而知之。」又曰：「彼所以養其姑也，托其掾於人而分在官之禄，以佐其縫紉之養。然無何，有

攘其缺者矣。今婿之從叔父汪允輿迎其家居京師，蓋周之者五年，以至於今。」

吾聞之，以問楊生。生之言與此同也。吾又以爲，今朝廷詔舉天下孝義、貞節而旌之、志之以獎民風，若楊氏女何以至今不傳，而與之鄰而至於歲將半而後知之？則豈職任采風者亦未之聞與？抑亦之子第求遂其心之所安，而非爲名者與？夫取德行於士大夫，求其不爲名而行所安，非篤於學者不能。乃今女子能之耶？或曰：「其有家學焉。曾大父聯魁，以歲貢爲學博邯鄲。大父密雲衛博士弟子，名培勳，字紀常，生鳳儀，名翥，取於高而生莊威、泰威、德威，莊威亦衛博士弟子。楊氏爲古北口有禮故家，夫所以教其女必正。」烏乎！其然耶？其天性志道而不盡由乎此耶？

婿名乾一，其前室，姑之女侄也，嘗以姑病刲股肉食姑，故附記之。

詩

唐　蘇拯

鄒律咏

鄒律暖燕谷，青史從編録。人事徒變遷，空吹閑草木。世患有三惑，爾律莫能抑；邊苦有長征，爾律莫能息。斯術未濟時，斯律亦何益？爭如至公一開口，吹起賢良霸邦國。

唐　蔣山卿

白河寒望

極目空原野，蕭條此水村。茫茫河自白，慘慘月初昏。遠岸回蒲口，寒湖接海門。扁舟忽漁唱，楚客正傷魂。

宋　蘇轍

咏龍潭

白龍晝飲潭，修尾挂石壁。幽人欲下看，雨雹晴相射。

旅行

猿狖號古木，魚龍泣夜潭。行人已天北，思婦隔江南。

題燕山

燕山如長蛇，千里限彝漢。首銜西山麓，尾挂東海岸。

過白河澗

亂山環合疑無路，小徑縈迴長傍溪。仿佛夢中尋蜀道，興州東谷鳳州西。

古北口謁楊無敵祠

行祠寂寞寄關門，野草猶如避血痕。一敗可憐非戰罪，大剛嗟獨畏人言。驅馳本爲中原用，常享能令异域尊。我欲比君周子隱，誅彤聊足慰忠魂。

奉使契丹古北道中

獨卧繩床已七年，往來殊復少縈纏。心游幽闕鳥飛處，身在中原山盡邊。梁市朝迴塵滿馬，蜀江春盡水浮天。枉將眼界疑心界，不見冲霄氣浩然。

宋 歐陽修

奉使契丹過塞

古關衰柳聚寒鴉，駐馬城頭日欲斜。猶去西樓二千里，行人到此莫思家。

宋　韓琦

古北口

東西層巘入嵯峨，關口纔容數騎過。天意本將南北限，即今天意又如何？

明　唐順之

古北口

諸城皆在山之坳，此城冠山如鳥巢。到此令人思猛士，天高萬里鳴弓弰。

明　許倓

塞上曲

古北關前月似霜，石塘嶺下塞雲黃。鳴笳夜半邊聲起，不是征夫亦斷腸。

明　湯顯祖

送人從軍

鴉鶻盤雲秋氣清，長川飲馬暮嘶聲。新穿綉甲花褸子，知是潮河第一營。

明　黄淳耀

賣棗兒行密雲棗小者佳。

燕山棗樹深，棗生纍纍懸赤心，懸赤心，人不喜。謂言南方棗如瓜，仙種傳來勝於此。市兒狡

獪生大貪，即將北棗呼爲「南蒯皮」。脱核開生面，北人得棗快稱善。賣棗兒，謂言爾黠爾更痴，安得終身挾詐不使旁人知？

明　李夢陽

潮河水

孤蓬絶塞口，匹馬戍程前。跨迴烟墩直，緣危石棧連。飛雲下獨石，逝水入潮川。舊對張軍帥，題詩醉菊天。

明　倪敬

古北口

虎豹森嚴雉堞牢，亂山如戟入雲高。驅車直上西岡頂，沙漠依稀見白旄。

明　總督許論

巡邊回鎮

春禽嚦嚦草凄凄，路入檀州馬亂嘶。童僕浪傳家已到，誰知猶在洛陽西。

明　總督楊選

白馬關遇雨

崚嶒石徑黑雲遮，雹雨風驅阻使車。乍聽高原林墮葉，即看曲浪澗生花。豺狐入窟渾無迹，

將校空山未有家。頃刻遥天雲霧散，萬峰蒼翠亦堪誇。

明 總督楊兆

邊樓集宴

二月關山俯大河，中原樽俎散邊戈。春光逐雪寒氛靜，暝色將風晚照多。戀闕五雲千載赤，勞人雙鬢一時皤。登龍選勝今元禮，座上新成琬琰歌。

題聖水泉如斯亭

飛堞奔崖傍水頭，蒼茫關樹一浮漚。澄波天近蛟龍伏，古戍雲間鸛鶴留。報國慚無黄石計，臨流思泛李膺舟。如斯物色看流轉，拚醉何須禮數周？

題初月亭

奇哉靈瀵瀉丹邱，灌水浮空匹練收。一榻雄風來白社，雙城暝色下滄州。疆傳初月無烽火，元草甘泉有壯猷。神物何年蟠澗底，時爲膏雨遍遐陬。

明 總督劉應節

登霧靈山

山盤大漠鬱蒼蒼，爲問虛踪到上方。天地三千開世界，華夷萬里見封疆。芙蓉半插青雲色，簷笏時飛花雨香。身在招提猶是幻，皈依静坐法中王。

明　總督王一鶚

題石匣探奇亭

萬山攢翠壯墉城，翹首西南拱帝京。無鎖石函天示秘，有紋靈匣地呈形。飛黃常見金駒躍，結綠曾聞寶劍横。開闢以來誰個識，禹秦未啓遺皇明。

明　總督閻鳴泰

咏龍潭并引

石匣之南兩山之間，有龍居之，傳者輒神其説，余弗信也。丙寅秋，余以行邊登陟其上。初入峽口，突見匹練從空而下，奇之。抵潭，則石壁荷翻，浪花雪噴，危磴澄泓。俯之，骨慄若有神物焉，憑之者再三。焚祝，動定杳然。余遂結跏趺坐，焚唵叭香，默祝良久，波濤中似有恍惚往來狀，左右曰：「龍也！」余猶未然。須臾，旋風忽起潭面，見

一白點如雀卵許，蕩漾層波之內。定睛視之，則龍頂上白也。龍身長尺餘，作老金黄色，蜿蜒曲伸，瞥然而匿，旋復躍然而出。凡三出三没，愈視愈彰，余始信龍之爲真而傳之者非妄也。隨投之以果，酬之以大爵者三，其果復逆流而上，跳躍飛舞於驚瀾急湍之間，若弄珠然。前之骨慄而懼者，不覺神怡而暢。左右縱觀，咸驚希有。嗚呼！龍真神矣哉！潭邊石勢欹仄，不可駐足，又命盧大將軍爲之石欄以定其志，無眴其目。蓋

吾實身其險，遂不欲貽人以險；我實遇其神，遂思與天下共遇其神。從此，和風甘雨以潤吾民，鞏國祚於四維，永聖壽於萬年，龍之靈亦娑迦羅之本願力而阿耨達池之不思議功德也。龍其肯我乎？謹爲之長言，以志其勝。

塞草蒙茸滿平野，防秋射獵闐車馬。玉弩金鉦結陣雲，敵人遠遁陰山下。奇搜幽探歷漢關，丹梯紫邏往回還。風嘯深林疑虎穴，霞封絶澗有龍山。龍兮龍兮不可攖，或隱或現或大小。譬如

一顆牟尼珠，隨方見色殊杳渺。我行懸磴甚槃姍，怒濤噴薄濺琅玕。浪花眼花争鬥亂，毛骨石骨竪芒寒。須臾心定凝真性，寂照澄潭明月鏡。有物蠕然出泬漻，乍浮乍沈游且泳。人言即此是真龍，余亦貪看爲改容。一點泥丸忽迸玉，向予若語口喁喁。我聞真龍鞭赤電，霖雨蒼生天下遍。胡爲泥蟠此淵中，獨挹青天光一片？水不在深有龍靈，危巒複嶂擁金屏。遥衛帝京同海岳，豈徒禱應轟雷霆？噫嘻乎！葉公好龍見龍走，我見蝘蜓聲名吼。拂劍酣呼龍母來，酬爾百七十七龍一杯酒。

石匣探奇亭 并序

余夙聞薊門之有石匣久矣。丙寅之秋，以奉命行邊，始獲寓目。登扣槃桓，殊不可測，真神物哉！見前人題咏編蝕其上，頓令本來面目戕於錘鑿，心甚惜之。遂屬盧大將軍命工磨其頂而還其樸，因爲之銘其上。夫自開闢以來，有此石即有此匣，而名以實彰。乃千古而下，因此匣遂蠹此石，而實爲名累，豈不懼哉？蓋居其實不居其華，道之所貴；

而不有其名乃所以益其名，君子所幾。語曰：「既雕既琢，復歸於樸。」請以是爲石祝，石其點頭也哉？普願同心應作如是觀。

萬山盤薄擁神京，誰擲琅玕鎮北平？天險孕苞原有意，地靈呵護豈無名？未經禹鑿元工秘，不逐秦鞭寶氣橫。奇勝莫言多幻化，長將玉壘壯金城。

明　兵備道劉效祖

登霧靈山

風雨嚴城獨倚樓，振衣如在霧靈頭。芙蓉秋色千尋起，睥睨晴光萬里收。都護只應銷玉帳，朝廷見説固金甌。不知經略頻年客，誰是關西定遠侯？

石塘嶺鸚鵡崖

原是關西鳥，何因塞北看？千年留勝迹，萬里恣飛翰。影落金塘净，光生玉壁寒。從軍有隴客，只恐報書難。

明　戚繼光

題龍潭

紫極龍飛冀北春，石潭猶自守鮫人。風雲氣薄河山迴，閶闔晴開日月新。三輔看天常五色，

萬年卜世屬中宸。同游不少扳鱗志，獨有波臣愧此身。

友月亭

邊愁隱隱上顛毛，肺病那堪轉側勞？惟有空亭一片月，漫移花影上征袍。

烟月風塵二十春，一朝病集未間身。忽來窗外黄梅雨，又送新愁到耳頻。

風塵已老塞門臣，欲向君王乞此身。一夜零霜侵短鬢，明朝不是鏡中人。

明　兵備道馮汝京

咏則靈潭

應龍卜宅豈尋常，天水爲簾玉作房。青瑣甲穿銀骨冷，白玻璃合夜珠光。心嫌瀚海風波急，身借重淵歲月長。游戲不倫摇尾事，屈伸姑樂水雲鄉。

明　兵備道許如蘭

龍潭

驅車來訪到龍潭，石上青苔砌小庵。爽氣繞筵猶帶露，危旌隱日自生嵐。人依玉樹妖塵遠，魄濯冰壺酒正酣。仿佛龍光歸杖履，驪珠應許共

君探。

明　户部分司來復

潮河亭同馮少伯送王篚石

滿川秋到水初寒，入眼難窮景色寬。渡口久停舟穩穩，筵頭遥指路漫漫。故人惜别頻添酒，絶塞多愁强作歡。祖帳荒郊無限思，三年美政此時看。

寓檀城

門稀宜有暇，容與遂閑心。數畝自須耨，高城聊可臨。門迎五柳闢，溪放百花深。町灌漸添緑，栽勤乍獲林。布袍屏從至，秫醖携朋尋。抱癖過張鳫，忘機類漢陰。便看佳味飽，難却竹花淫。架屋搜貧槖，償傭割俸金。夏時資敞樹，春日囀山禽。耽静坐拈句，每來揮雅琴。兵戈疆域急，賴有鉅公任。

九月檀城見菊

極目秋天捲暮沙，孤吟倍起使臣嗟。寒叢亦自名爲菊，邊地何嘗賞此花？横嶺霜雲迷北雁，高城晴月慘胡笳。園籬千蕊邀賓醉，誰念凄其誤歲華？

明　郭學書

石匣

萬金匣透龍光貫，千里飛霜劍氣寒。留鎮三關戍鞶靖，不須徒手問樓蘭。

明　陸騰蛟

五峰山

群山叠翠瑞烟籠，秀削遥看玉笋叢。疑是擎天舒隻手，五雲深處聳奇峰。

明　李維楨

寄督府蹇公

璽書三錫策元公，師保班高列禁中。肘印舊懸金化鵲，腰章新改玉如虹。風清細柳無飛羽，日禦扶桑有挂弓。四十五年身許國，皤皤黄髪古人同。

御史王公開府檀州督四鎮軍事

海岱英靈命世才，戎旃高倚帝京開。薊門雨雪行邊静，黍谷陽春按律迴。白日貫虹人説劍，黄金市馬客登臺。久知燕趙多豪俠，可許擔簦躡蹻來。

明　邊貢

吴將軍巡關

邊馬歲南牧，漢軍勞北防。軍情异主將，冷暖須共嘗。朝出潮河川，暮過古北口。邊峰傳羽箭，朔氣嚴刁斗。月下黑山晴，分明見列營。霜欺征袖薄，石報馬蹄鳴。三軍既宴然，暇日倚吾枕。天子不可驚，長懷亞夫寢。

明　方孝問

謁鄒子祠

夫子昔游燕，宫成碣石年。墳荒肅然雨，祠接女郎烟。名自三騶著，書從五德傳。夜深明月

下，仿佛笑談天。

人去不可見，川明終古流。雲疑擁篲日，廟似築宫秋。碑色含苔冷，蜩聲帶雨愁。應知精魄在，千載此幽州。

明　劉震

題黍谷上方流泉

一杖尋源入，涓涓石磴重。青涵黃葉寺，寒度白雲鐘。月色白逾静，嵐光秋更濃。洑流何處去，羡爾似神龍。

明　楊旦

過白馬關

怪石巉巉水亂流，柳勻新綠弄春柔。滿陂芳草眠黄犢，風景居然似建州。

明　朱廷鼎

宿石匣僧舍

一番風雨客衣單，策蹇空歌行路難。城影參差烟樹隱，鐘聲斷續夕陽殘。人隨僧定燈應寂，劍護龍眠匣自寒。悔盡勞生尋遠夢，可堪畫角更無端。

明　邑令張世則

戍邊有感

結束遠從征，辭家已百程。欲疲東海騎，漸老朔方兵。井邑財應竭，藩籬勢未成。每經霜露後，報國眼常明。

明　徐光乾

邊驛苦

郵驛盡稱難，莫如邊驛苦。追呼時戴星，絡繹日傍午。百騎無番休，千金若糞土。諜傳塞事忙，何計民安堵？吁嗟乎！邊驛苦！

風林翼不寧，衝鎮民偏苦。買馬賣耕牛，避

差同畏虎。調停似近之，凋瘵仍如許。安得一人家，番成萬驥户？吁嗟乎！邊驛苦！

清 儉親王

白龍潭詩

巉屼行鳥道，飛瀑碧浮懸。嵐影荒城外，松風蕭寺前。神龍留古穴，緑樹結晴烟。佳處游踪少，閑雲任往還。

清 總督宋權

密雲途中

馬上分明見杏開，春山淺淺綉蒼苔。饑兵滿眼愁空竈，艷景無心酌酒杯。薊道風烟頻過往，檀城節鉞致疑猜。漁陽父老若相問，前日監軍今又來。

清 大學士梁清標

登中丞署題文昌閣

舊署荒烟裏，危樓此獨看。沙田飛隼急，獵野塞雲寒。燕谷開青嶂，邊峰静白檀。風塵人事异，感慨罷憑欄。

奉使密雲感賦并引

密雲督府夙稱壯麗，先三父曾建節於

此。余奉使過之，祗存頹垣敗壁而已，徘徊移時，不禁泫然，因賦三律，以志感愴。

先人開府地，今日我重來。勛業留殘碣，樓臺付劫灰。松埋石洞老，日暮野禽哀。賜履群公重，徒傳濟世才。

幕府餘荊棘，低回倍黯然。連營屯勁旅，百戰控雄邊。歲月苔痕蝕，風霾虎窟穿。白頭諸父老，指畫說當年。

左輔金湯壯，巋然故址存。風烟臨碣石，鳥雀靜轅門。吹角邊城肅，鳴珂將相尊。百年思祖德，瞻顧愧曾孫。

清　吏部尚書宋犖

石湖映月　前有《西岩夕照》《黍谷先春》二首，未登。選登後二首。

鏡架山前夜月生，石湖風靜水波平。盡知月白呈湖白，要識湖明顯月明。湖退月華湖減色，月離湖畔月無情。四時湖月年年在，帶月看湖誰與行？

霧靈積雪

霧靈迴出萬山顛，白壁千層殊皎然。地涌銀屏開紫塞，天垂玉帶繞幽燕。晚光夜合偏宜月，

曉日初和淡惹烟。應是峰高寒不散，名同華白兩相傳。

清　兵部尚書范承勳

游青甸水峪

吾生愛山水，良游慕康樂。高陟出雲峰，幽探潛蛟壑。安知溪堂東，藏此鬼工鑿。巉岏幾道開，絶壁一泓削。崖樹不假土，虬枝互盤礴。中有萬古泉，遠從天際落。石迴水分流，嶇嶔前復却。深入不知遠，但覺衣裳薄。去去還復來，天風吹寥廓。

柏巖莊寶泉寺古柏

緊此千古柏，妙色凌青穹。含吐大法雲，卓立化人宫。石泉滋其根，冰雪堅其中。具足壽者相，寒燠常葱蘢。既少藤蔓縛，更絶荆棘叢。山嵐泊青蓋，寶月照玲瓏。肇立梵宇來，其本日以崇。人世幾化謝，誰能記春冬？何乃中萎落，八載香色空。迨兹圮殿新，烟翠復重重。詎亦抱靈慧，能與佛法通。顯示諸檀施，以報樂善功。中藴微妙理，聞測安可窮？現前未知始，寧復知其終？或更千載後，化爲護法龍。我今得聞見，快

樂生心胸。撫摩蒼蘚皮，瞻仰青霜容。紀言作頌已，擲筆歎天風。

兆藏

世役誰堪了，寧煩死更牽。何能語流俗，聊爾效前賢。趙岐、司空圖、姚最皆自作壽藏。渚藻兒孫事，雲山嗜好緣。夜臺如不异，風月浩無邊。

作達非吾尚，耽幽性頗宜。松楸從手署，庚癸祇心師。敢道千載會，難銷一壑奇。欲呼塵外友，來把壙中巵。

築青甸溪堂

浮生何用計微軀，一壑幽偏儘自娛。稱意最難兼水石，買閑只合趁桑榆。張茂先詩：「從容養餘日，取樂於桑榆。」曲留過客花三徑，小補嵌窗樹幾株。借問溪風與林月，堂成得似瀼西無？

青溪莊閑眺

水竹瀟瀟十畝强，百年心事此溪堂。門前斷續來鷗鷺，木末依稀見鳳凰。日漏峰腰鴉去疾，雨遷雲脚嶺銜長。回頭何處樵歸子，滿擔山花唱夕陽。

超勝庵十景

夾粱交翠色，穿石結靈根。本是祇園樹，還

須護法門。石橋雙柏

耽幽愛深僻，到此足怡情。坐想庖犧畫，茲岩合有名。艮岩

雲來覺天近，雲去見林深。索我觀幻化，翻疑雲有心。妙雲亭

欲入攀雲路，誰能捨此門？須知跨澗石，一一是雲根。普門橋

意愜入靈奧，頓忘峰磴高。石上見寶月，空中聞海濤。朝陽洞

大璞出神工，連山作屏扇。擘科竟丈書，猶憾書未遍。蒼玉屏

聳身出層碧，肆眺窮幽遐。但覺地可縮，不知天有涯。無盡意臺

峭壁冠孤亭，恍作寶幢樹。却使登山人，先知向上處。法幢

閑來坐長歗，巨石松陰中。遥知望崖者，但見深翠叢。積翠崖

雙石挂重霄，中有梵天路。祇應龍象游，凡禽不敢度。南天門

咏水南亭

昔日看山坐水濱，溪山爲主我爲賓。而今結屋清溪上，又向溪山作主人。

清溪十咏

丹羽何葱蘢，堂成翠滿櫳。君看欲翔處，宛在捲簾中。鳳山草堂

澗路來濺濺，落地轉深靚。涵空本無多，時見雲牽荇。一鑑亭

朝暉散林景，夕暉漾漣漪。帖水雙巢燕，瞥出飛差池。娱暉閣

面面出青蒼，閑雲忻所訖。夜半縹緲音，西

峰過笙鶴。巢雲樓

墻短檻增曠，峰明凈如玉。豁達風雨來，披禁肆遐矚。遐景軒

藤曲蔓垂青，石瘦堅守白。會待黄鶴來，遠訪丹邱客。藤石居

回首溪雲幻，能休更底思。所嫌山水興，猶有上心時。寧心齋

昨日藥欄罷，今日槿籬紅。好時那可駐，意得是春風。延芳榭

小圃興不極，休論機事忘。疏泉山月上，縛

架午陰凉。菜圃

略約南亭路，緣溪杖可拿。偶逢林叟語，不厭日西斜。水南亭

清　吏部尚書張鵬翮

古北口

萬里長城北，千山積翠阿。繞關流水注，環徑白雲多。燕雀檐前舞，漁樵醉後歌。清時風月好，率屬夜經過。

仲夏再過古北口

科分已深年又衰，何堪揮汗濕邊陲。野寺不聞清磬響，沿途惟有曉風吹。城因古戍依山轉，水繞寒原入壑遲。欲訪舊碑尋往事，蘇子由詩碑。空岩寂寞少人知。

清　詹事府詹事王炳圖

扈從過檀州

茆舍停驂夏景長，當門先喜緑陰凉。誰知扈蹕檀州路，後乘偏容緩轡行。四郊雨氣含雲影，已覺精虔格上蒼。時方禱望杏瞻蒲民事切，年年巡省爲農桑。

清　侍講學士史夔

隨駕出塞應製

六飛巡幸出興州，部落歡迎拜道周。河岳百靈朝玉輅，旌旗七校列瓊輈。精鏐别帳恩頒數，駿馬名王寵錫稠。萬里疆垣長拱衛，年年顒望屬車游。

絲雨繒雲遍九垓，榆關柳塞極恢台。山如秦嶺千盤繞，田比周原萬井開。黍谷吹灰調玉律，桑郊勞酒注金罍。神倉高廩年年溢，作頌深慚掞藻才。

清　翰林院編修傅玉露

迎鑾密雲道次淩榆山韵

經途不必問誰何，老馬從來識路多。侵曉霜棱銛似戟，排空雁字叠如戈。往來車騎成流水，俯仰乾坤一釣蓑。重向牛欄山下過，一鞭殘月挂烟蘿。

略記年時食宿程，轉頭歲月去駸駸。白狼河迴沙猶壯，冶塔山空鐵已沈。望北遥瞻天子氣，向陽争識侍臣心。即時吹暖鄒生律，譜入春風答舜琴。

明　陳豫朋

南天門

屈曲歷深磵，夐岑當馬前。崖應神斧劈，徑向霽霄穿。佛日耀金界，僧茶煮玉泉。名於閶闔稱，北極紫微連。

古北口

古鎮之山何崐崿，峰巒攢列互撐抵。槎牙蒼鬱蟠龍虬，扼吭於間通堠壘。古鎮之水何砅砰，趁流橫注深池泓。憑陵隘楗若縈帶，河山表裏洵天成。上有秦皇舊城堞，延袤意欲永萬葉。輼輬風起祖龍亡，白草黄沙傳浩劫。可憐劉項亦徒然，中原逐鹿如風旋。踐更自古防秋苦，空據絶漠開雄邊。豈知在德不在險，何用金湯并弦剡？而今内外咸一家，外蕃歷歷如星點。聖人膏澤宏覃敷，小臣銜命東海隅。入關言旋甫七日，敝車羸馬勤奔趨。君不見，昔人乘槎犯斗牛，我今亦出古北口。

清　霸昌道耿繼先

巡視古北

立馬邊城瞰遠村，大荒日落戰雲昏。屯軍半藉山爲屋，河水終煩石作門。祠歷千秋空舊額，

碑留一綫是中原。獨疑虎豹當關險，宵柝初嚴盡掩門。

楊令公祠

定議全師次應州，護軍中阻援兵留。也知子愛無生望，但說君恩不易酬。兩代褒封賒廟貌，時已將傾圮，余倡首，趙令謀重葺之。數家鷄黍自春秋。雕弓倒挂英風在，時向沙場發遠愁。

清　邑令惠周惕

石湖映月

幾年仙子浴湖邊，帶得蟾光一片圓。不知何事忘將去，長留一鏡照龍眠。

清　邑令周鉞

咏羊山

白羊東去又羊山，此是潮河百折灣。漾艇不須沈大網，笑看漁子没潺潺。

松樹嶺

龍旌到處水瀠洄，松嶺前頭雪浪開。一棹輕舟齊拍手，紫鱗紅鬛出波來。

白河漁梁

風緊霜嚴凍易凝，白狼河畔積層冰。魚梁一

夜明星照，處處流波可下罾。

方大任

石盆谷龍潭

辛苦征途興不窮，從君連轡扣龍宮。層峰壯壓邊城斷，幽洞深涵海脉通。蜃氣溟濛生杖底，虹光隱約見雲中。酣來長嘯麾諸部，鼓吹齊吹萬壑風。

邑人周卜年

檀山道中

密雲古重鎮，帶甲翼神京。萬岫矗天峻，一

溪繞郭明。騎車冰上度，樵牧畫中行。遠樹摇金色，春風動北平。

邑人陶墉

用蘇子由《謁楊無敵祠》韵題家忠毅公集

陶墉，忠毅公宗儀從孫也。

上將揮戈出玉門，身經百戰没苔痕。靈隨塞嶺寒無色，氣作虹霓暗不言。千古難磨忠孝志，一時定論死生尊。從來報國應如此，三尺青萍識舊魂。

長白黃汝鈺

前題

牙璋鐵騎領期門，殺氣横秋冷血痕。自惜將軍空百戰，可憐國事竟何言。身捐此日丹心壯，名在千秋青史尊。幾向沙場思頗牧，雲旗風馬見英魂。

錢秋濯

前題

英爽猶堪破壁門，征袍不浣舊斑痕。身亡報國真能死，事去何人有一言？血濺沙場當日恨，芳流汗簡古來尊。旗靡轍亂渾閑事，豈盡登陴即斷魂？

查昇

題陶公像前韵

欲將隻手障天門，百戰征袍盡血痕。力守孤城誰肯救，身拚一死更無言。河魁星墮天樞轉，太白光寒義士尊。此去遼城六千里，長歌我欲賦《招魂》。

殉難何緣聚一門，寒烟邊草認啼痕。岩疆我自完臣節，君側人誰肯盡言？敢望黄冠歸故國，長留碧血滿空尊。得從卷内瞻遺像，千載猶思塞

外魂。

邑人孔法祖

桃花谷

好景迎人媚，行行目未停。波光明作練，山色翠爲屏。鳥語雲中樹，魚掀水上萍。餘情收不盡，留説與丹青。

教諭侯世憲

宿石匣龍潭

烟霞多异景，龍窟水雲鄉。猿下摘山果，僧歸卧石床。躡雲雙屐冷，采藥一身香。誰解相逢夜，松潭月色凉。

傅煇文

登密雲城

叠嶂層峰拂面來，雙城臨水逐山開。堤邊風細晴舒凍，嶺外寒輕雪綻梅。燈影舊傳紅冶塔，殘香猶自膩妝臺。東北有山名「梳妝臺」。匣中寶劍横牛斗，借問當年博物才。

古長城

舊是秦皇萬里城，當年何事毒蒼生？雲中末下匈奴馬，軹道先屯漢楚營。空向墻頭埋怨

骨，徒從塞上築悲聲。聖朝修德不須險，月照邊關夜未扃。

邑令薛天培

懷柔道中望密雲口占

雲壓邊城彩映樓，雄封百里古檀州。鄒生祠敞烟光暮，竇氏村荒草木秋。河咽潮聲沙渚白，峰横塔影夕陽浮。郊原處處連蒼靄，一笛清音出隴頭。

超聖庵

千章古木護遥岑，蒼翠屏開一徑深。橋鎖普門盤石磴，峰迴靈境度松陰。短亭杯酌客中酒，畫閣鐘鳴世外心。最愛謝公留屐處，丹岩有榻待登臨。

古北口

遠跨邊城百尺虹，雄關幾度廢興中。將臺猶自傳司馬，戰壘依然號令公。日淡村烟官驛曉，霜凝鼙鼓戍樓空。聖朝大化渾無際，中外綏懷萬國同。

邑人蘇振文

白龍潭詩

寒潭飛蝃蝀，陰窟孕雷霆。樹密争藏碧，峰多遞獻青。川原餘虎迹，風雨帶龍腥。聖境詩難狀，擊鐘以寸莛。

孫德祖

古詩一首爲縣文學王都妻吕氏作

門前喜鵲噪，屋後烏鴉啼，鵲噪復鴉啼，吉凶難可知。新婦二八姝，初嫁琅琊王，夫婿正青春，翩翩年少郎。郎才富文史，弱冠干星使，拔幟童子軍，書名隸博士。賀客方在門，吊者已在户，得意不成歸，文章一抔土。結褵甫一歲，不曾綉文褓。但聞唤兒聲，堂上啼二老。妾生不如死，妾存成未亡，殉夫亦易事，誰爲事尊嫜？傳家惟《詩》《禮》，由來炊無米，雖曰炊無米，不波古井水。飲蘗復茹荼，養多復送終，尊嫜盡天年，妾生逾惸惸。妾夫雖無子，妾夫亦有弟，夫弟得有子，與夫同一體。辛苦三十載，貞操終不渝。空庭有慈烏，啞啞哺其雛。明月照清霜，秋夜一何長！

僭筆擬詩史，彤管有餘芳。

邑人邵自鏻（字健庵，號芝泉。）

聖水泉咏

（泉在城南山下，距城八里，密雲八景之一，所謂「聖水鳴琴」也。）

檀州八景推琴泉，泉流石上聲潺湲。泉耶琴耶兩莫辨，疑有仙客彈朱弦。或如松風落古澗，或如别鶴鳴崖巔，或如廣陵操中散，或如海島逢成連。噴珠嗽玉激清響，又如琴峽相迴旋。獨惜元音賞者少，欲洗俗耳無因緣。我來聽琴坐磐石，泠泠瀉入胸懷間。仿佛瓶笙來隱隱，髯翁試院名茶煎。乘興探幽歷曲磴，白雲亂踏芒鞋穿。摩挲古碣剔苔蘚，少保姓字（明大將軍戚繼光。）隆慶年。想當戎馬倥偬日，時携參佐揮珊鞭。手勒銀鈎紀名勝，片石直欲追燕然。邇來野火燒牧豎，龜趺剥落隨荒烟。吁嗟！古人一往不復作，但見數峰突兀排青天。如斯亭畔草冪冪，龍泉寺外花娟娟。看花藉草興有極，只有泉聲引我如游仙。（健菴先生書法、詩文俱窺古人堂奥。）

（此篇乃陳君西園所手鈔，以俟傳刻者。後數首，其令嗣鳴鑾於邵氏敗簏中搜出，全稿聞在甯公景韓手。甯公逝世，此稿不知流落何所，惜哉！）

題戴石坪畫竹蘭

世人畫竹竹龍鍾，名手枝枝皆玲瓏；世人畫蘭蘭板重，名手葉葉皆生動。戴生下筆蓋有神，畹蘭湘竹皆逼真。有時變法出新態，倒披玉幹横青筠。長夏閉關簾影静，磨墨三升真豪興。當窗濡筆寫數枝，花有清香葉蒼勁。戴生善畫兼

善書，頡頏顔柳侔黄蘇。興酣快掃盡百幅，龍蛇驚走鸞鶴舒。書成跳蕩詑奇絶，滿浮大白忽狂呼。酒氣拂拂猶恣肆，歘向風枝露葉成奇致。

夜飲賞雪同劉王二廣文作

燕山雪花大如手，銷寒賴有一杯酒。放眼忽睹黍谷春，萬叠瑶岩排窗牖。門外雪泥深逾尺，争遞銀盤藉瓊壁。畚鍤忙通過客踪，蓬門端爲羊求闢。泛蟻因開賞雪筵，筵開喜説兆豐年。主賓促席作夜飲，數符少陵歌八仙。座中公幹興最豪，陽春一曲歌聲高。唱《齊天樂》南調最高。忽出酒兵催拇戰，拔幟競奪龍頭標。亦或仿古打頭盤，六鶴齊飛樂少年。禮法豈爲我輩設？擬將酒窟誇排磚。君不見，黨家太尉羅侍女，銷金帳暖紅袖舉，淺斟低唱俗了人，畫瓠學士直一噱。又不見，楊相寒夜圍肉屏，脂融粉膩温香生，歡餘緑酒笙歌歇，眼見勢去冰山傾。何如我輩與酣酬良夜，如澠之酒不須貰？直呼青女助拍浮，無事紅兒侑盤斝。揚鸚鵡，泛鷺鷥，美具難并此一時。酒闌更倩雪催詩，白戰不許寸鐵持。

偕友重游黍谷山

共踐昔年約，招提策杖尋。此山真秀峙，我輩復登臨。用成語 酌以消憂酒，因之豁素襟。盤紆松柏路，回首白雲深。

百里指雄關，千峰秀色環。大荒吞白水，終古見青山。碣石今何在，金臺已莫攀。獨餘吹律迹，騁望一開顔。

任城雜感 十五首録十。公以名進士出宰金鄉，不善逢迎，爲中丞琦善所銜，彈劾罷官。感而賦此。

解組仍教吏事牽，離居濟上感年年。秋風池館梧桐月，夜雨簾櫳蟋蟀天。匡汲功名渾似夢，藺廉賓客散如烟。漆園傲吏堪稱達，慰我南華第一篇。

雙丸幾度擲流光，强説他鄉勝故鄉。千里家山孤館夢，十年宦海一頭霜。閑居漫擬《安仁賦》，長嘯誰知阮籍狂？回憶折腰成底事，悔同鮑老笑登場！

花發西湖好放舟，濟寧瀦水亦號「西湖」。携壺擬作六橋游。濤聲夜撼夏王廟，雲影秋高李白樓。孤鳥遠衝殘雨没，亂帆斜指晚虹收。夕陽一片天寥闊，極目燕臺動客愁。

油雲潑墨漸成空，天意陰晴兩不同。促織聲

喧蕉葉雨，蜻蜓飛颭蓼花風。閑中覓句追初白，醉後徵歌伴小紅。終是莊生寓言大，東游直欲扣鴻濛！（時有游蓬萊之約。）

浪迹任城節物更，蕭騷萬籟起秋聲。孤燈夜雨羈人泪，落葉寒砧怨婦情。文豹澤毛空自惜，屠龍擅技竟無成。名山有約何時踐，婚嫁勞勞累向平。

相看華髮鏡中多，此後光陰復若何？抱石閑雲寧作態，到潭止水不生波。新愁易感秋風客，往事難尋春夢婆。欲取濁醪供一醉，胸中壘塊已消磨。

咄咄書空意惘然，幾回把酒問青天。何堪白髮悲秋客，又值黄楊厄閏年。賦擬江淹徒寫恨，書臨海岳合呼顛。塞雲邊月情無極，望遠登樓感仲宣。

浮雲萬態是耶非，蒼狗無端變白衣。冷暖旗隨塵世换，溷茵花逐暮風飛。數椽久寄梁生廡，三載空瞻宋母幃。賴有素心晨夕過，閑門莫嘆客來稀。

情如杜老嘆無家，秋月春風度歲華。薄宦幾

人歸白髮，同年半屬繫黃沙。（獄名）羈棲已逐流離（鳥名）鳥，絕艷休誇頃刻花。我似東坡老居士，藥爐經卷送生涯。

雲盡天高霜氣侵，客懷牢落感難禁。書殘故紙思投筆，調入哀弦欲碎琴。樗本不材甘弃置，龜宜曳尾任消沈。故山千里容迴轍，菊徑松關取次尋。

邑人趙治邦

題黍谷上方流泉

小步尋源入，涓涓石磴重。韵添黃葉寺，寒度白雲鐘。月色夜逾靜，嵐光秋更濃。清流何處去，宛爾欲成龍。

髩髻山

秀出諸峰上，雙螺望儼然。駢枝排玉笋，并蒂涌青蓮。劈削疑無路，清虛別有天。曾逢慈駕駐，林岫倍增妍。

是山稱福地，靈應著幾封。報賽來千里，經營出九重。綉幡宮錦麗，寶鼎御香濃。共祝無疆壽，三呼上碧峰。